註東坡先生詩

卷十八

士栢同張瘦銅舍人萬華亭
文學集蘇齋觀陳鴻賓題
金陵後學王友亮敬觀

小本蘇詩者久矣丸隱辛丑十二月
廿日因得展觀時携請偕南
識數語以訂後緣 愫𡉄

自題注東坡先生詩第幾下並列吳興施氏吳郡顧氏

名真面目隱矣　先生刻蘇詩補注末附志道集一卷

感謝

下逮趙宋閒作者如列星景蕃隱君子閉門遺世榮

追蘇玉局丹黃日縱橫將伯得司諫賞析借經營

詩塤篪奏詎能一器程絢爛黼黻光未可獨藺成

芳野翁規矩得忘高曾雖非郭象竊遂掩向秀

口忌此尚蒙不平北平今山斗舉筆闡重

稿寶若遺珠孽因思古作者纘緒期雲

莫振家聲傾感公發幽光一旦晦者

詩行得字晦字

王稿

詩注本巳鋟

顧於施者此亦考訂者所

七日方綱記於蘇齋

先生詩卷第十八

吳興施氏

吳郡顧氏

一首 時在齊安

公詩後 并引 馨音奴昆反香 也晉傳五十七太史

上大許店休馬于逆

留氏 云滿院

之
[illegible]階[illegible]作也年百
既死人有見之者宗
作是詩以識之磨公本
戒和尚云
化来往淮山曲壽逾兩甲子氣
佰但嗟濁惡世阿彌陀經五濁惡世不受龍
摩經龍象蹴蹋非驢所堪傳燈録惜禮拜韶州白雲和尚和尚曰儉
蹴蹋潤無邊性皆惺悟我来不及見悵望空

文選謝玄暉別范零
詩停驂我悵望

霜顱隱白毫 楊巖

兒

鑠骨埋青玉 鄴侯家傳李泌每
導引骨節珊然有

鑠子骨續玄怪錄延州有一婦
兒城市少年悉與游狎殂瘞道

西域僧見墓而作禮或曰此一
門禮耶僧曰此乃鎖骨菩薩啓

鉤結如鎖狀晉庾亮傳將葬
掘於土中使人情何能已

還西竺 傳燈錄達磨逝
三歲魏宋雲奉

手攜隻履翩翩獨逝
令啓壙唯空棺一

子姪青詩 字勞

則 姪

[illegible]湖州[illegible]
[illegible]居一字

南西十里大蘇山之南

僧居仁為余言齊天保中

此見父老問其姓曰蘇氏又得

歎曰吾師告我遇三蘇則住遂

而父老竟無有蓋山神也其後僧

思於此山而得法焉則世所謂思

智者大師是也唐神龍中道岸禪

[illegible]於其地廣明庚子之亂寺廢於

興中乃復而賜名曰梵天云

[illegible]杜子美詩余 時游名山 自製山中衣 楚辭

[illegible]言畢婚嫁 後漢向長傳男 女娶嫁既畢敕

[illegible]白樂[illegible]天逸老詩女嫁男 [illegible]百日假滿詩尚平無

[illegible]携手同歸爾雅[illegible] 未及[illegible]日琴徵文

孟[illegible]陵不語

[illegible]

……言

……復……機……刑

學……黄老而

刑名法術之學

……漢……孔氏云穽穿地

……選傳猛虎處深

……杜穽檻……中積威約之漸也遂恐生死隔

迄今日復何日杜子美贈衛八處士詩今夕復

芒鞋自輕飛元微之詩騰騰兀兀恣閑行竹杖芒

自兩足尊法華經稽首兩足尊又行集經如来世尊福足

舉頭雙涕揮金剛經須菩提深解義趣涕淚悲泣靈

散八部猶光輝 法華經釋迦世尊於靈山會上為諸大

十八品放眉間白毫相光照三千

解寃結經天龍八部咸悉歡喜

往一洗千刧非 孟子願比死者一洒之 襄回

太白月下獨酌詩我 空翠搖煙

袖襄回我舞影零亂

雀臺詩絲管遙清空翠間綺

暴韓退之山石篇出入高

出 相依依 後漢蘇竟傳竊自依

將為歸 左傳以公二十

[illegible]女詩 [illegible]郭[illegible]

裂[illegible]隨飛雪渡

一[illegible]詩云借問梅花 [illegible]關山歐陽文忠

當年少[illegible]花時日日東風 拾遺云關山岐亭路有春風

慰深幽開自無聊落更愁 楚辭 王褒

辛有清谿三百曲 李太白寄元 參軍詩三十

回縈一 千花明 不詞相送到黃州

戲作種松

千日杜子美詩甫昔少年日早充觀國賓種松滿東

寸根瑣細如插秧杜子美詩瑣細不足名

下一一攅麥芒文選潘安仁射雉賦麥漸漸以

丈滿山散千羊不見十餘年

天[illegible]記夾澗虵走夜風波

其[illegible]育已伐百本

陶淵明[illegible]參軍詩

歸[illegible]

万落縱亭

且宮[illegible]流肪釜

飛[illegible]選張景陽七命飛霸迎節槁

[illegible]志僧契虛仙人游雉川曰汝能絕三彭之仇乎溪

青骨凝綠髓丹田發幽光黃庭經端

[illegible]九年三疊琴心化胎仙注三疊田也又三丹田各方一寸曰寸

何足道要使雙瞳方神仙傳李根兩目瞳子皆

[illegible]五百年騎鶴還故鄉續搜神記遼東華表一日

陽狂垢汚寒暑不能侵常獨行市
不知其所止往来者欲見之多不
試使人召之欣然而来既至立而
言不應使之坐不可但俛仰歎
久之而去夫孰非傳舍者是
以有思惟心追躡其意
[illegible]早惠王世容故
[illegible]春[illegible]其

傳乎

美哉

如傳告所問多

子未適制君臣之儀衛上生於齊魯

妒眠糞屋史記漢武帝紀識得如黃

流澌爭春浴氷川楚辭屈原九歌流澌

廉豈識桃椎妙妄意稱量未达

椎傳高士廉為益州長史備禮之語不荅瞪視而出士廉再拜

其使我以無事治蜀僚目薄賦斂州大治

陳季常所蓄朱陳村嫁娶圖

顧陸丹青手 顧愷之陸探微張彥遠歷代名畫記張懷瓘云

天顧得其神陸得其骨唐閻立相宣威沙漠右相馳譽丹青畫

嫁娶畫 西川名畫録趙德玄雍京人工畫車馬人物屋木山

入蜀有朱陳村及圖等至今相傳 聞道一村唯

朱陳村詩一村世為婚姻 不將門戶買

王劉崔盧之昏非古也高士廉傳太宗以山東

必多取[illegible]故人謂之氏族[illegible]太宗曰我

[illegible]內容[illegible]大

之[illegible]不

[illegible]處物白淩[illegible]靜

[illegible]暉將[illegible]門鷟周公

之董生[illegible]門外唯有

[illegible]嘗過一村院見壁上有詩

夜涼疑有雨院靜似無僧不知

何人詩也宿黃州禪智寺寺僧皆

不在夜半雨作偶記此詩故作一

絕

暗飢鼠出山雨忽来脩竹鳴知是

句已應知我此時情 韓退之次石頭驛詩

語情

黃州

忙差来事業轉荒唐 莊子天下

長江遶郭知魚美好竹

坊員外 史記李斯傳請一切

外 官定制爲

矣

司 正

[illegible]色

[illegible]植[illegible]餘

[illegible]審[illegible]旅貪外詩

[illegible]吳之[illegible]訶新詩

[illegible]如今姓何只慙

家壓酒囊

東坡云撥

校官例折

說苑鮑白令之對秦始皇

言賢是也天下家則世繼是

天下為官三王以天下為家

[illegible]韓氏易傳言五帝官天下三

家以傳子官以傳賢白樂天

詩况無治道術坐受官家祿

[illegible]惠院寓居月夜偶出

此詩墨跡在臨川黃揆家嘗

列于婺女倅聽但當謝客對

妻子墨迹作閑門謝客對妻子

事不出門 周易幽人貞吉文選顏延年贈太常詩云側同

偶逐東風轉良夜 後漢祭遵傳帝幸遵營饗

[illegible]門武樂良[illegible]猶深也

參差玉宇飛木末 揚子

[illegible]選劉休玄擬古詩玉宇[illegible]歌搴芙容兮木末

繚繞

[illegible]長平子南都賦[illegible]繚繞而滿庭

江雲有

[illegible]江

行處無聲浩如瀉

[illegible]一日詩翁[illegible]蔭[illegible]府

[illegible]所識

居[illegible]

[illegible]淮已[illegible]詩能

仕功[illegible]韓[illegible]年[illegible]謝自

陶弘景傳特愛松風
院皆植松每聞其響欣

結茆舍浮浮大甑長炊玉

史丞之浮浮杜子
師詩玉粒定晨炊 溜溜小槽

賀將進酒詩 小
酒滴真珠紅 飲中真味老更

言醒可怕閉門謝客對妻子 史記

歸晝終身不出門復謝賓客漢[illegible]
至吏以令休掾宜從衆歸對妻子

落佩從嘲罵杜牧之晩晴賦倒冠落佩兮與世闊踈

次韻前篇

落在徐州對月酣歌美清夜尚書伊訓

東坡云去年花下對月與張居兄弟飲酒作蘋字韻詩陶淵明[illegible]夜達曙酣且歌白樂天詩竟[illegible]曹子建公讌詩清夜游西

發杜子美愁詩獨樹花發自分明小院

花不可挂餘年似酒某本作[illegible]遂鄉貞[illegible]左傳[illegible]

[illegible]

古江空白流[illegible]白

假借[illegible]音無五畝繼

論語 而耕 空有千篇凌鮑

詩賦詩 往凌鮑謝 至今歸計負雲山

眠客舍 杜子美詩咸陽客舍一事無 少年辛

參 白樂天詩何異食蔘蟲不知苦是苦 老境安閑如

卒作清閑眞迹作安閑晉顧愷之每食甘蔗自尾至本人或怪之云

境 韓退之答張徹詩咬蔗遂通斯建瓴 飢寒未至口

忠已空猶夢怕穿花踏月飲村江

□沐齋書懷□邀迓免使醉歸官長罵杜子美鄭

即騎馬□長罵

□寺浴

垢猶念浴衰髮不到耳尚

□日沐感髮詩沐一沐仍半禿山城足

垢能幾何蕭然脫羈

□汝坐□閒信庵

□文

[illegible]論

[illegible]稱美[illegible]泣螢

[illegible]傳[illegible]小 無多談 理[illegible]不要熟

春

風 杜子美詩百舌來何處重重祇報春又韋諷宅

起尋花柳村村同 杜子美田父泥飲詩

風柳 城南古寺脩竹合小房曲檻

看花歎老憶年少 顧況饒江早春詩拭淚看花奈

東野樂府雜怨送花人差盡人[illegible] 歐陽文忠公菊花詩種花不種[illegible]

大安少
對酒思家愁老翁歐陽文忠公詩某[illegible]
換世酒闌無奈客思家杜子美
腹腴媿年少軟炊香飯緣老翁病
[illegible]母亂鬢絲強理茶煙中杜牧之禪院詩
禪榻畔[illegible]花風遙知二月王城外春秋經昭
[illegible]子單王城王仙洪福花如海呂希
在京城宣化門外有陳[illegible]種花木甚盛洪福寺
[illegible]明過[illegible]福寺戲題[illegible]舊[illegible]應[illegible]似昏鴉
[illegible]益新[illegible]李文方白越
[illegible]宗

一日獨[illegible]添丁

天[illegible]薄[illegible]妾乾酒
晚酒薄有錢慈張

[illegible]又示添丁子詩春風
行人家慚媿瘴氣却憐

生涯數日不食
索我抱着滿樹花

居定惠院之東雜花滿山有海

棠一株土人不知貴也

[illegible]蕃草木周易坤卦天地
變化草木蕃只有名

獨楚辭屈原九歌
幽獨處乎山中嫣然一笑竹籬

宋玉登途子好色賦一笑惑陽城迷下蔡桃李漫山總

[illegible]情詩王處論木蘭花桃李排門是俗材也知造物有

[illegible]道佳人在空谷杜子美詩絕代有佳人幽居在空谷

[illegible]出天姿文選潘正叔贈河陽詩徒美天姿茂杜子美詩

[illegible]有金盤薦華屋文選曹子建樂府生存華

[illegible]酒暈生臉古樂府鮑照白紵詞朱唇

[illegible]卷絲[illegible]沟杜子美人詩

[illegible]玉臺新[illegible]皓腕[illegible]詩云[illegible]白

[illegible]上

覃[illegible]者[illegible]顧
不載比丁特志

頃在[illegible]
事當有[illegible]者[illegible]中有

人更清淑先生食飽無

逢自捫腹孫真人養生訣食了行百步數以手

家與僧舍拄杖敲門看脩竹晉王

中有一士大夫家有好竹欲觀
之竹下諷嘯南史袁粲傳爲丹陽

一家有竹石率爾步往直造竹所
得韓退之青龍寺詩誰家多竹門

逢絕艷照衰朽歎息無言揩病目[illegible]

得此花無乃好事移西蜀 龔樓[illegible]塗 傳時[illegible]

載酒 學 寸根千里不易到銜子飛来

[illegible]傳海棠性便糞壤蜀之羅鋒江 [illegible]多者甚以鳥雀啄春其子隨糞

叢生茅不見之 以候知者 天涯流落俱可

作刻令有一差翁犯法穿以 太傳曰老翁可念向故作

同是天涯 相識 為飲一樽歌

鄭[illegible]愚[illegible]陽門詩平 明[illegible]醒[illegible]冬嵐今

[illegible]日樂天[illegible]春詩 白[illegible]暮

[illegible]

是病圓警 晉仲堪彼 目見警

聰 耳聰聞床下蟻動 又患

強半 白樂天冬夜對酒詩百年強半時

近中 揚子是以過中則惕又云聖人之道譬猶日之

植杖偶逢又爲黍客 論語子路遇丈人植杖止子路宿黍而食之

披衣閒詠舞雩風 論語 春服既成冠者五六人童子浴乎沂風乎舞雩詠而歸

仰看松粉俯見新芽摘杞叢楚雨還[illegible]

澤漢司馬相如傳楚有七澤嘗見其小者名曰雲夢吳潮[illegible]

宮東坡云黃州對岸武昌縣有孫權故宮三國志吳主孫權傳二

白公安石武昌廢興古郡詩無數寂寞閑

解組歸來成二老風流他日與

倍眞寺詩今來脫簪組始覺子美贈贊公詩與子成二

[illegible]雨中熟睡至晚強

息忽然[illegible]首也

一

[illegible]貝

[illegible]與兒還[illegible]人詩

[illegible]文[illegible]浩安[illegible]與[illegible]芳獨張詩[illegible]華者

[illegible]可續泥深竹雞語村

[illegible]文忠公鳴鳩詩天將陰鳴逐婦鳴中林鳩婦怒啼無好

[illegible]詩睡語應難讀

雨晴後步至四望亭下魚池上遂

自乾明寺前東岡上歸二首

[illegible]萍合蛙聲滿四鄰海棠眞一夢梅

讀新拄杖閑挑薺鞦韆不見人梁宗懍荊

記春節懸長繩於高木士女坐立

推引之以為戲名曰鞦韆楚俗謂

涅槃青宗殷勤木芍藥開元天寶遺事云禁中呼木芍

殿餘春論語奔而殿注曰在軍前曰啓後曰殿柳子厚

醉濃

種魚塘段公路北户雜錄陶朱公養魚

數洲令魚繕罠無窮取鮮子有者提

提神之守[illegible][illegible]有[illegible]過長

江

一字[illegible]詩[illegible]橋言細晉梅[illegible]傳爲

[illegible]蒼鸛鶴來何處號

者牡丹三首

此詩墨跡在玉山汪氏嘗摹刻之後題黃州天慶觀牡丹三首墨蹟云午景發濃艷集本作濃麗今從墨蹟

成點楚辭大招霧雨溶溶白皓膠只映空疑有無

詩鳴雨既過漸映空搖颺如絲飛時於花上見的皪

珠漢司馬相如傳宜笑的皪郭璞注曰的皪鮮明貌也秀色洗

選羅數艷歌秀色若飡古詩娥娥紅粉粧暗香生雪膚

春夜宜宿詩風簾飄暗香莊子逍姑射之山有神人居焉肌膚若冰

昏更蕭瑟淮南子日薄于虞淵是謂黃昏楚辭宋王

之為頭重欲相扶杜牧之詩醉頭扶不

[illegible]枝陶淵明歸去來詞恨晨之熹

詩長[illegible]郎三載[illegible]作[illegible]謂

[illegible]景

不風起歐陽永叔詩正當年步惜花時

何所見金粉抱青子千花

盡無妍鄙白樂天李次雲隱竹詩千花百草凋零後

雪裏看鮑照蕪城兮萬代共盡兮何言未忍汙涅沙

落蘂洛陽貴尚録孟蜀時兵部貳卿李昊每牡丹花開將數枝

親友以金鳳戔成歌詩以致之又以酥同贈且云俟花謝即以酥煎食之

桑纕華也其
[illegible]貴重如此

次韻樂著作送酒

病怯杯觴差去方知此味長萬斛

雪一壺春酒若爲湯 庾信愁賦且將一寸

愁孔子家語人之棄惡如湯

故叔七鼓小飯大歡如湯

[illegible]以張將軍之衆當百萬

[illegible]湯南史王瑩傳謝起

[illegible]瑩求一

[illegible]垂目

[illegible]覺[illegible]森然

[illegible]史記

……
……天尊
……之……殿安群
……明殿乃許徽開玉
德……建隆之初鳳翔
眞游終南山間空中有
……守眞悚聽數里語云汝
在後守眞莫測既還家又聞
是玉帝輔臣受命衛時乘龍
眞朝禮玉皇大殿覩其額曰
不曉其旨因焚香告曰通明之誼
諭眞君曰上帝在無三天為諸天
……象羣仙無不臣者常升金殿殿之
於帝身身之光明照於金殿光明
……所不照故為一通明殿諸天朝謁仰
……殿見在光明中仙班既退光明遍散

王齊萬秀才寓居武昌縣劉郎洑

正與伍洲相對伍子胥奔吳所從

渡江也

[illegible]蜀擣玉揚珠三萬斛塞江

[illegible]濬傳武帝謀伐吳濬造[illegible]木柹蔽江而下唐李

朱欄[illegible][illegible]山谷杼情詩[illegible]

[illegible]薄[illegible]廣[illegible]郭[illegible]傾家取[illegible]

[illegible]

金散盡還峽二歲

舟載入荊江曲詩

方之舟之莊子山木篇東野忽不貧詩盧仝歸

上青山亦何有伍洲遙望劉

寒食當過君請殺耕牛韲秋酒

傳魏尚五日一殺牛以饗賓客漢帝欲更太尉府趙熹表陳不可司

二府壯麗而太尉獨甲陋帝歎息中縱酒匆令乞兒為宰文選曹子建

中厨辦豐膳烹羊宰肥牛白詩吳姬壓酒喚客嘗與君飲酒

論文杜子美懷李太白詩何時一尊酒重與細論文酒酣訪古

須漢竇嬰傳酒酣從容言仲謀公瑾不須弔三國

孫權傳字仲謀二十五年都鄂改
周瑜字公瑾孫策以瑜為中護軍

時波神英烈君伍子胥封英烈王

府武昌以酴醾花菩薩泉見

晚楚[illegible]九歎野青
寂寞乎無人

[illegible]枉[illegible]艷已[illegible]縱無屬

[illegible]度

[illegible]化千載尚清

不歸[illegible]為花所掃

[illegible]應返

[illegible]土流白泉上為千牛乳注子

子千牛矣杜 美勝牛乳 下有萬石鉛不媿

但無陸子賢常州圖經惠山之側有錫山其山出錫古

錫兵無錫寧故縣名無錫陸文學羽品第天下水味以惠山泉為第

留山中故名有祠堂在焉 願君揚其名庶託文

文選魏文帝與吳質書辭義典雅足傳于後此子為不朽矣寒泉

毛詩藹藹王多吉士清濁在其源不食我心

非所患周易井卦井渫不食為我心惻九五井冽寒泉食象食中正也王弼云井以不變為得位體剛不撓不食不義中

我本何有虛名空自纏文選

[illegible]子餘愚汙谿山柳子厚愚

故咸以愚辱焉溪而[illegible]及我柳子曰

[illegible]玉翰願以[illegible]是及我也

…甞公何好飲東…遭田父泥飲

人不妨閑過左阿

老居閭里自浮沉笑

忽然載酒從陋巷論語賢子在陋

爲作酒箴漢楊雄傳好事者嘗載酒肴從游長

求一過韓退之醉贈張秘書詩長安衆富兒盤饌羅羶葷

爲君君笑啞史記魯仲連傳平原君以千金爲魯連壽法

何客孟公從來只識陳驚坐漢陳遵傳字孟

酒每大飲賓客滿堂輒關門取客車轄
井中雖有急終不得去嘗過長安宣
飲食作樂司直陳崇劾奏遵乘藩
婦左阿君置酒謌謳起舞跳梁頓
初為京兆史日出醉歸曹事數廢
故事謫之曰陳卿今日以某事謫
乃相聞與張竦伯松俱以列侯
貧無賓客時時好事者從之
車騎滿門酒肉相屬先是
喜之謂竦曰吾與爾猶
書苦身自約而我放意
功名不減於子而差
衣冠懷之唯恐在
者每至人門

……空搔首毛詩愛一

……子美詩白鷗沒浩杜牧之送孟遲……

麏麚走楚辭招隱士白鹿麏麚兮或騰

以揚雄傳反離騷橫江湘南淮李太白有橫江詞

朽毛詩誰謂河廣一葦杭之韓退之左遷至藍關詩豈將衰

談破巨浪後漢崔駰傳歷世而游高談有日南史宗慤傳

風破萬里浪晉謝安風起浪湧吟嘯自若飛屧輕重阜

曾幾何絕壁寒谿吼文選謝靈運登石門詩晨策尋

鼃泉兩部樂 南史孔珪傳居宅中蛙鳴曰我以此當兩部鼓吹

三益友 元次山丐論古人鄉無君子則與雲山為友里無君子則竹為友坐無君子則與酒友論語益者三友

徐行欣有得 行後長者謂之傳徐行則免

之术在蓬蒿 文粹李華

窺神友

西上九曲亭衆山皆培 四年大叔曰培塿無松皐也杜子美詩云高

小渺何有雞離口 騷大章滔夏兮草木莽

嘗

[illegible]鎮武

[illegible]葛孔明出師

[illegible]二卄有一年

生九詭惟有漫浪叟

自稱浪士及有官人官手呼為漫郎既客樊

曰聱叟又漫浪於人間身漫久矣可以漫為叟元結集

家樊上漫遂顯在武昌縣西五里買田吾已決乳

酒所須脩竹林深處安井臼後漢馮衍

井日相將踏勝絕杜子美戎州登樓詩勝絕驚身老

袁三日糗尚書峙乃糗糧唐韻糗乾飯屑也

武昌銅劍歌 并引

官鄭文甞官於武昌江岸裂出古銅

之以遺余冶鑄精巧非鍛冶所成

沙 李白江上秋懷詩颯颯風卷沙 雷公躙

中如枉矢 漢天文志枉矢狀類大流

熀燒虵尾或拔以

水上青山如

[illegible]中見

[illegible]拔之中蚰鏗

[illegible]劒有文云[illegible]

長平箭頭歌 蘇[illegible]

[illegible]古血生銅花

[illegible]鋏詠新詩 史記孟嘗君傳馮驩

十日孟嘗君問傳舍長

[illegible]曰馮先生甚貧獨有一劒

[illegible]彈劒而歌曰長鋏歸来乎裘

[illegible]茅之類可為繩言其劒無物可

繩纏之劒之處 君不見凌煙功臣長九尺

[illegible]紀貞觀十七功臣于凌煙閣 胥閣玉具高拄頤 漢[illegible]

單于朝天子于甘泉宮賜以玉具劒

馮異傳光武賜以乘輿玉具劒戰國

大冠若箕
拄頤

定惠顒師為余竹下開嘯軒

天明喧喧相詆譏楚辭離騷恐鷤鴂之先鳴漢樊

項羽頰也暗蛩泣夜永唧唧自相

詩蟲予寒夜永孟東野樂
蟣又秋懷詩吟蛩相唧唧

不改調傳玄蟬賦美茲蟬之純潔兮禀

朝零於商風而含
清管之餘音

夫蚓上食
下飲黃泉貪

鶬過

昧集

韓退之送孟東野序九共

國策長歌之哀過慟哭嬉笑之怨甚

子亦未妙晉阮籍傳籍於蘇門

略終古登皆不應籍長嘯有聲若鸞鳳之音乃登嘯

止軒清坐默自照衝風振河海

屈九歌衝風起兮水橫波物論風振海而不能驚不能號

莊子逍遙遊人塊噫氣其名為風作則萬竅怒號累盡吾何

風來竹自嘯

石芝 并引

[illegible]三年五月十一日癸酉夜夢游何人

西門有小園古井井上皆蒼石石

[illegible]如龍虵枝葉如赤箭主人言此

[illegible]折食一枝衆皆驚笑其味

[illegible]此詩

睡息來初匀〔周易 幽人〕

呼祁孔賓〔晉祁〕

[illegible]夜忽

[illegible]許徃 朱櫻碧

龍虵玉芝紫筍生

珊瑚 晉石崇傳武帝賜王愷珊瑚樹愷以如意擊之應手而

腰下寶玦青珊瑚 味如蜜 韓退之古意詩太華山頭玉井蓮開花十丈藕如舡冷比雪霜

一片入口沈痾 水蘇一名雞蘇 主人相顧一撫掌

[illegible]雲傳張[illegible]掌大笑 滿堂坐客皆盧胡 孔叢子盧胡而笑闕

宋之愚人得燕石藏之以為大寶周客之掩口盧胡而笑金華子坐客聞之莫

盧胡而笑杜子美徐卿子歌滿堂賓客皆回頭亦知洞府嘲車

傳僖公三十三年王孫滿曰輕則寡無禮則脫續神仙傳許碏遊盧八閣

一閬苑花前是醉鄉滔[illegible]冉翻王觴羣仙拍手嫌輕脫謫向人間作

康羨王烈神山一合五百年風

晉嵇康傳嘗遇王烈共入山烈得石髓如飴即自服

而為石神仙傳王烈采得石髓食之因攜少

之琤琤如知及弄經神山五百年

急雪舞迴風李兗遺蘇秦武

域志陳州治宛丘縣又向

開元中道人呂翁嘗邯鄲有書生姓盧與翁

蒸黃粱共待其熟盧生之具言生世困厄翁開囊

盧曰枕此當如願生俛首但記遂至其家未幾登高第歷臺閣

相五十年忽欠伸而寤黃粱猶未曰先生以窒吾欲耳自此不復求

来雲夢澤南州漢司馬相如傳楚有七澤其小者名曰雲

杜牧之憶齊安郡詩平睡足處雲夢澤南州睽離動作三年

[illegible]漢嚴助傳願[illegible]三年計最牽挽當為十日留史記范雎傳秦[illegible]謂平原君與君為十日飲[illegible]約過女極歡十日而更漢早晚青

[illegible]髮相看萬事一時休柳子厚別劉夢得詩耦耕

[illegible]世黃[illegible]休

[illegible]品皐亭

[illegible]大磨區區欲右行不[illegible]如張益地方如棊磨推而左行日月

[illegible]磨右之上磨左不得不啮磨[illegible]

頭欢生鍼𨱔無

太子太子惠之𨱔中刺之泣血

風雨過歸田不待老劉禹

山不岑參詩渭上風雨有歸田賦韓退之示爽詩

決凡幾箇杜子美北征詩西方服勇決唐逸史李適

詩試問門朝幾箇來幸茲廢棄餘疲馬解鞍

家占江驛絕境天為破劉禹錫城東閑游詩千金

絕境永萬閑人飢貧相乘除韓退之詩名聲相乘除未見

弔賀左傳昭公八年史趙曰可弔也而又賀之史記張儀傳羣臣皆賀子

詹然無憂樂莊子刻意篇澹然無極而衆美從之苦語

文選宋玉哀屈原作招魂楚些

至巴河口迎子由

唐高元裕傳御府紀綱之地舉動觸四壁

四壁之漢王莽傳定盜領敕阿乳母不得

毛詩幽幽南山漢王莽傳昌興亭中

子齊物篇南郭隱几而坐

自送弟郢詩　歸苦淚滿眼

餘生復何幸樂事

冷白樂天詩水心如　鏡面千里無纖毫煙

舟如鳧鷖陶淵明經曲阿　詩眇眇孤舟逝點

雁君在磁湖欲見隔咫尺韓退之寄

詩咫尺不相聞平生那　傳天威不違顏咫尺朝來好風

仝月蝕詩　風色緊格格旗尾西北擲杜子美復愁　詩皁尾掣旗

劉禹錫詩旗　飄揚勢漸高行當中流見漢武帝秋風　辭橫中流兮

素笑眼清光溢此邦疑可老左傳隱公十一年使

裘吾脩竹帶泉石欲買柯氏林茲謀

公　子由同游寒谿西山

畦唐陸龜蒙傳號江湖散人莊子人間世彼且爲

朝游湖北暮淮西寒谿

安酒官雖未上圖經

穿塵泥杜子美

日足可示 消去相語共分

一箭放當先鳧鷺

冲瀏霜雪鳴寒谿文選左太

山古寺亦何有杜子美武侯廟詩空

萬頃青玻瓈我今漂泊等鴻鴈

靈運擬鄴中詩序汝潁流離世故頗有漂泊之歎江南江北

楅幅巾不擬過城市後漢符融傳幅巾奮袖談辯如

杜子美詩擬哭途窮欲踏徑路開新蹊漢李廣傳贊下自成

顏師古曰蹊徑道也東坡云有亘入寒谿不過武昌者 却憂別後

忽到見子行迹空餘悽吾儕流落豈天

傳襄公十年申叔時曰吾儕小人所諸其懷而與之也韓退之李花詩

[illegible]憂感集杜子汝病豈天意 自坐迂闊非人擠

墓志一旦臨小利害反眼穽不一引手反擠之又下

此去未免勤鹽虀 韓退

過李八百 歲[illegible]云李八百

[illegible]八百里神[illegible]歷世見之

子厚詔追赴都詩翻弱羽上丹霄楚辭屈

去歸飛識所從好語似珠

心如膜退重重山僧有味寧知

之登第後過鄭居老僧詩家住城拜曲旁兩枝仙桂一時芳山僧府未

始羨門氣味長

瀧吏無言只笑儂韓退之瀧吏詩瀧吏

手笑官何問之愚儂無負犯何由到而知

尚有讀書清淨業

淵明五柳先生傳好讀書不求甚解華

經即以利益諸衆生而為自行清淨

各春睡敵千鐘家語孔子云季孫贈我千鍾也而交益親

和何長官六言

伯厚後漢陳蕃傳朱震字伯厚為州從事奏濟陰太守單兄中常侍超[illegible]風朱伯厚去官我豈曼

[illegible]卷志台脩為郵自免去一廛願

政武六字難賡變風

爲王楊王道清止乎

[illegible]東出[illegible]南海[illegible]詔

楊風[illegible]白苑楊凝式美[illegible]行草書

三輔舊事石渠閣在未央大殿北以藏祕書漢劉向

經於石渠延[illegible]游目兮將往觀乎四荒辭屈原離騷水驛

相容王昌齡荆門送李三詩水驛駐舟使漁歌搖楚吟白樂天劉

詩水驛路穿兒店[illegible]舡棹入女湖春長江大欲見庇撈：

八月涼風

風初號地籟莊子齊物論厲風濟則竅為虛地籟則衆竅是已

月自寫天容韓退之詩天容與水色此處皆綠淨貧家何

各但知抹月批風禪宗有薄批月細抹清風之語

絕色無人誰與為容毛詩自伯之東首如

向市朝公子何殊馬耳東

食詩、吟詩作賦北牕水世人聞此皆掉頭

齒[illegible]白石耳[illegible]

曾金鼎識刀圭乾[illegible]之寄

後知救病身近聞猛士收丹穴

婦清其光其利數世欲助君王鑄褭蹏

紀太始二年詔金為麟趾褭蹏多少空巖人不見

隨初日吐虹蜺杜子美法鏡寺詩初日翳復吐春秋元命苞虹

者陰陽之精曰虹雌曰蜺

五禽言 并引

聖俞嘗作四禽言余謫黃州寓居定惠

舍皆茂林脩竹荒池蒲葦春夏之交

土人多以其聲之似者名之遂

禽言

州鬼我不識使君寧

不免 晉 [illegible] 兔 [illegible] 傳使

黃 穀 [illegible]

對曰

照見

…內漢東方朔傳…以為苑今

有殘粟豐年無象何處尋文宗曰公等有意於太平致之僧孺曰太平亦無象聽

快活吟東坡云此鳥聲云麥飯熟即快活

力作蠶絲一百箔壠上麥頭昂林閒

落頤儂一箔千兩絲繅絲得蛹詞

雉東坡云此鳥聲「
[illegible]云蠶絲一百箔

惡姑惡姑不惡妾命薄漢許后傳妾薄命端遇竟寧前

見東海孝婦死作三年乾漢于[illegible]國傳東海有

[illegible]自經死姑女告吏婦殺我母具
公以為此婦養姑以孝聞必不

[illegible]竟論殺
[illegible]年

不如廣漢龐姑去

[illegible]漢[illegible]姜詩妻同郡龐盛
[illegible]水妻沒不時[illegible]

[illegible]鄭[illegible]含書[illegible]衣紛
[illegible]且其[illegible]之姑

[illegible]

若風

隨⋯恐悵望

⋯與朱⋯棗執美韓返
⋯羽⋯生帳望槃中

隱公五
⋯於姐
終年禁晚食半

胃強萬苦滿肺歛腹輙破三彭

宜室志僧契虛遇人導游稚川仙
府眞人問曰尒絕三彭之仇⋯對

能令
去
二豎肯逋播左傳成公十年晉
景公求醫于秦秦

公使醫緩為之未至公夢疾為二豎⋯
彼良醫也懼傷我焉逃之其一曰⋯

工膏之下若我何醫至曰藥不至不可為也尚書于伐殷逋播臣寸

生黃庭經寸田尺宅可治生寸田謂三丹田各方一寸誰勸耕

東坡云新法方田黃粳為上腴採懷得眞藥不待

草按用藥如立人之制若多君多臣少佐見氣不周也而檢

亦不必皆爾大抵眷命之藥則多臣療病之藥則

櫻桃大隔墻聞三燕

將磨[illegible]失故疾

唱而[illegible]
隨[illegible]

元[illegible]

並說[illegible]孝伯[illegible]

眼着[illegible]一尚書[illegible]催圖[illegible]

[illegible]天照晦叔詩去件[illegible]少歡情向我偏唐

試問箇来殘年一斗粟待子

南厲王傳廢遷蜀嚴道邛不而死後民歌之曰一尺布尚可

粟尚可舂[illegible]人不相容云何不自珍醉病又一

[illegible]源結梨棗眞誥紫微王夫人授許長史曰火棗交梨之樹已生

心中猶今有荊棘相雜剪荊棘出此樹單生世味等糠粃虞

傳人或謂平貧何食而肥若是其婦曰亦食糠覈耳史記范雎傳坐須賈於堂下置莝豆其前令兩黥徒夾而馬食之耕耘當待穫願子勤

相將賦遠游楚辭屈原遠游章悲時俗之迫阨兮願輕舉以

用些楚辭宋玉哀屈原作招魂些

日往岐亭郡人潘古郭三

王城東禪莊院縣一名成郡府治顯城至岐

[illegible]

[illegible]書

[illegible]侍君溫

[illegible]安年[illegible]白關山

[illegible]并引

[illegible]其期閩人也家寶一鐵拄杖如

[illegible]牙節宛轉天成中空有簧行輒徽

[illegible]杖云得之浙中相傳王審知以遺錢鏐

以賜一僧柳偶得之以遺余作此詩

□手中黑虵滑千年老根生乳節忽澗

□甲聲杜子美桃竹杖引出入爪甲鏗有聲四坐驚顧

杜子美夜聽許十誦詩詩四坐皆□韓退之歸彭城詩歸来戎馬

□中細泉語迸火石上飛星

□自首閩王餉呉越不

石長□□維摩經□是身如

許甘[illegible]

□逝丈

□傳南
選趙京眞鉞茂
衙螃螺令□教化作
耶斬截鐵捶鎚不也與之補履曾不如兩
□来見公未華鬚白樂天洛陽春詩華
□鐵君無恙否桂苑叢談李德裕贈僧方竹杖及再
無恙否曰已規而漆之矣公嗟惋風俗通恙毒蟲也喜傷人古人草居
相故相勞必曰無恙取出摩洋向公說後漢劉子訓傳人於
安東見與一老翁共摩挲銅人謂曰適見鑄此已近五百歲矣

與潘三失解後飲酒

弊帚人誰買文選魏文帝典論家有弊帚享之千金斯不自

千額蛾眉世所妍後漢馬廖傳城中好廣眉四方且半

為都毦𣊓國史補進士不捷而飲謂之打毦𣊓憐

文選垂條嬋娟孟東野嬋娟篇花嬋娟泛春泉妓嬋

曰史記范雎傳須賈曰不意君能自致

宴於曲江亭子

年告言判道

與菊猶應似

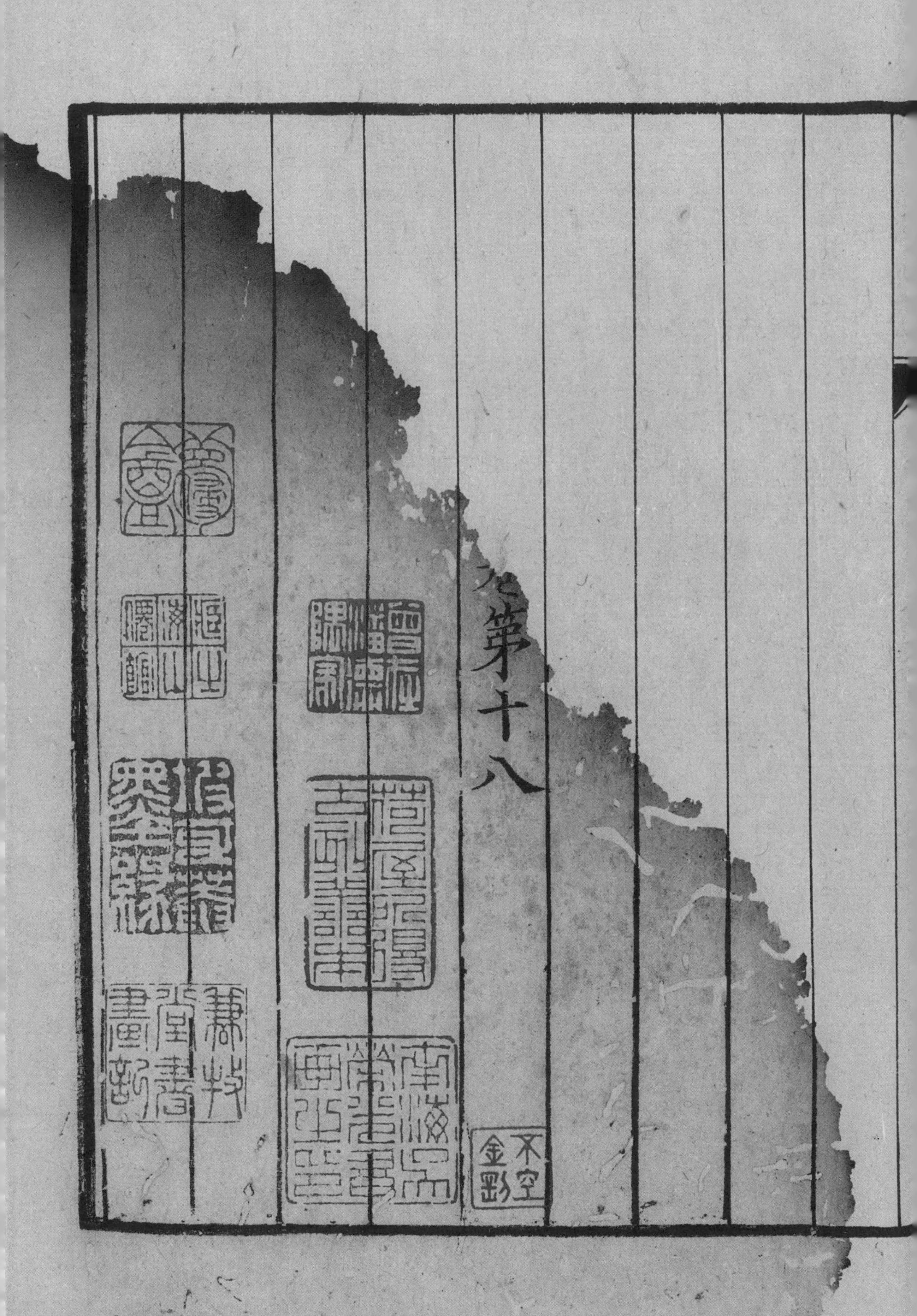

之第十八